衛斯理系列 少年版 06

玩具

上

作者：衛斯理

文字整理：耿啟文

繪畫：余遠鍠

衛斯理
親自演繹衛斯理

老少咸宜的新作

　　寫了幾十年的小説，從來沒想過讀者的年齡層，直到出版社提出可以有少年版，才猛然省起，讀者年齡不同，對文字的理解和接受能力，也有所不同，確然可以將少年作特定對象而寫作。然本人年邁力衰，且不是所長，就由出版社籌劃。經蘇惠良老總精心處理，少年版面世。讀畢，大是嘆服，豈止少年，直頭老少咸宜，舊文新生，妙不可言，樂為之序。

倪匡　2018.10.11　香港

主要登場角色

伊凡與唐娜

浦安夫人

浦安先生

陶格先生

衛斯理

達寶警官

陶格夫人

李持中

白素

傑克

4

第一章

完美家庭

　　有兩件相當 **古怪** 的事加在一起，使我對陶格先生一家人產生了興趣。

　　先說第一件。

　　當時我在歐洲旅遊，乘坐**火車**從比利時前往巴黎。也許因為水土不服，我登車不久便開始肚痛，於是離開座位，**急步**走去廁所。

　　這時候，一對十分恩愛的老夫婦恰巧迎面而來。男的一頭**銀髮**，衣著得體；女的神態雍容，一看就知曾受過高等教育。

　　車廂的通道不是很寬，只能供一人走動，若是兩個人迎面相遇的話，必須*側着身子*才能通過。而這對老夫婦卻手挽着手，非常親熱地靠在一起，向我迎面走來。

　　雖然我急於上廁所，但也不忍心破壞這對老夫婦的 ❤恩❤愛 姿態，於是趁着旁邊有個空座位，便 閃身 進去，讓路給老夫婦先通過。

　　他們很欣賞我的舉動，友善地點頭笑道：「謝謝你，年輕人。我們在一起的**時間**⏰已沒有太多了，真不想分開來！」

　　我也笑道：「不用客氣。你們如此恩愛，真是難得，令人羨慕。」

　　他們夫婦倆互望着，❤溫馨❤甜❤蜜 地笑。

　　我正等待他們走過，好讓我能 衝 去廁所的時候，沒想到老夫婦迎面的方向又有一男一女跑過來，擋住了他們的路。

這一男一女是*孩童*，他們在通道上追逐玩耍。跑在前面的是一個小女孩，約六歲，一頭**紅髮**，皮膚白皙，眼睛**碧藍**，樣子可愛極了，看來像是北歐人，跑得相當快。

在後面追來的是一個小男孩，約莫八歲，樣子也極其可愛，非常討人喜歡。

他們跑得非常急，尤其是跑在前面的那個小女孩，完全不看路，幾乎撞到那對老夫婦的身上，我連忙叫了起來：「**小心！**」

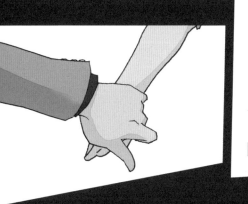

我及時伸手抓住了小女孩的手。小女孩也不害怕，回過頭來，向身後也已經站

住的小男孩説：「看，你追不上我！你追不上我！」

　　我立刻沉着臉，責備道：「不准在火車走廊上追逐！」

　　我一開口，那小女孩便轉過頭來望我，她碧藍的眼珠轉動着，調皮精靈，而且還向我甜甜地笑着，那種可愛的神情，能令人怒氣全消。我本來還想多教訓幾句，也立時説不出口了。

這時候，老太太忽然把雙手搭在那小女孩的肩上，驚喜地叫道：「**唐娜，是你！**」

接着，她又轉向那小男孩說：「伊凡！你們還記得我嗎？」

兩個孩子**吃了一驚**，男孩慌忙踏前一步，伸手將女孩從老太太的手中拉了出來，說：「老太太，你認錯人了！」

男孩說完後，和女孩互望了一眼，便一同低頭向前**衝**。老夫婦連忙各自側身**閃避**，兩個孩子就從他們之間跑了過去。

我也想跟着他們穿過去，趕去廁所，可是老夫婦已經又靠在一起，手挽着手，討論起來。

老先生搖着頭説：「親愛的，你認錯人了！」

「**不，一定是他們！**唐娜和伊凡，一定是他們！」老太太説。

老先生不住搖頭，堅決道：「雖然長得很像，**但一定不是他們！**」

兩人站在我前面爭執着，堵住了我上廁所的路，使我非常着急。

他們一個説：「**一定是他們！**」

另一個説：「**絕不會！**」

我快忍不住了，連忙開口請他們讓路：「兩位……」

誰知我才一開口，老太太就向我望來，「先生，我的記憶力很好，只要看過你一眼，以

後一定可以認出你，記得曾和你在什麼地方見過面！」

我急得説不出話來，只能點頭回應，「嗯嗯！」

老太太卻繼續説：「剛才那兩個 **可愛** 的孩子，我和他們一家做了一年鄰居，誰會忘記這麼可愛的一對孩子？」她一面説，一面指着丈夫，「而他竟説我認錯人了，真是豈有此理**！**」

老先生也不退讓，反問太太：「親愛的，你和他們做了一年鄰居，**那是什麼時候的事？**」

老太太毫不猶豫地回答：「九年前！那時我們在 **法國** 南部！」

可是，説到這裏，老太太便**尷尬**起來，變得啞口無言。

老先生忍不住哈哈大笑，因為這顯然是老太太認錯人了！兩個如今約六歲和八歲的小孩，在九年前根本還未出生呢**！**

老太太雖然神情尷尬，可是仍不服輸，口中唸唸有詞：「**一定是他們，一定是陶格先生的孩子，唐娜和伊凡！**」

她一面說，一面向前走去，老先生也笑着跟了上去，並向我揮了揮手道別。

他們走了之後，我立即以最快的速度**飛奔**去廁所。

上完廁所，我感到餓了，於是前往餐車用餐。

我穿過三節車廂，進入了餐車，竟又看

到那兩個小孩，他們正和一男一女坐在一

起，應該就是他們的父母。父親約三十歲，英俊挺拔，身高足有一米九，一頭**紅髮**，是個標準的美男子。母親一頭**金髮**，美麗絕倫，舉止高貴大方，正在用一條濕毛巾替小男孩抹着手。

他們全家人都長得那麼**標緻完美**，不但吸引了我的視線，也引米餐車中所有人的注視。

我找到了一個座位，坐下來看着菜單之際，聽到那父親用十分優美的聲音説：**「不准再在火車上追逐，知道嗎？」**

兩個孩子齊聲答應：「知道。」

接着，我又聽到那少婦用十分美妙的聲音説：

「是誰先發起的？唐娜還是伊凡？」

我聽到了這句話，不禁大吃一驚，連手中的菜牌也幾乎**跌到了地上！**

只見那小女孩低着頭不出聲，男孩卻一臉神氣道：「**不是我！**」

那少婦説：「唐娜，下次再這樣，罰你不能吃甜品！」

那小女孩低聲答應了一聲，眨着眼，樣子，逗得大家都笑了起來。

但我心中卻十分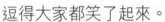，因為剛才老太太認錯這兩個孩子是她九年前的鄰居，當叫出他們的名字時，那男孩亦指稱她認錯人了。

但如今，我卻發現這兩個孩子確實名叫「唐娜」和「伊凡」，這到底是怎麼一回事**？**

第二章

他們殺人

　　如果有兩對小兄妹，外貌相似，名字相同，那實在是太巧合了**！**

　　而那男孩為什麼要説謊呢？老太太明明叫對了他的名字，就算不認識，至少也會感到**驚訝**和好奇，而不會直接説對方認錯人。

　　在我思索着的時候，侍者來為我點餐，我隨便指着菜牌上的一行字，就將菜牌還了給他。

沒想到，我點的食品很快就送上來了，原來我剛才心不在焉，胡亂點了一款小孩最愛吃的 ✦七色冰淇淋✦！

我剛剛才拉完肚子，不敢亂吃東西，於是向那一家人指了一指，對侍者説：「這是我為那兩個孩子叫的，請代我拿過去給他們吧。」

侍者答應了一聲，便托着那一大杯甜品，走向那一家人，低聲説了幾句。我聽到唐娜和伊凡都 **歡呼** 起來，他們的父母向我望了過來，大方得體地 *微笑* 點頭，我也以微笑回應。

我重新點菜，邊吃邊留意着那一家人。當我吃到一半

的時候，他們已進餐完畢，離座走出了餐車，向列車的尾部走去。

　　當那一家人離開之後，侍者來到我的身邊說：「**陶格先生**說謝謝你請他的孩子吃甜品。」

　　我一聽，**驚呆**得張大了口！

　　我立時記起那老太太的話：「一定是**陶格先生**的孩子！」

　　這兩個孩子的樣貌、名字，就連父親的姓氏都與老太太的鄰居完全吻合，世上會有這麼巧合的事嗎❓

　　但以年齡來看，這兩個小孩絕不可能是她九年前的鄰居！

我唯一想到的解釋是：兩位陶格先生，可能是兄弟。眼前的唐娜和伊凡，是九年前那老太太鄰居的堂親，所以相貌相似；而取了同樣的名字，雖然 **古怪**，但也不無可能，說不定是一種習俗。

我用完餐後，朝車頭方向走，想去找那對老夫婦，把這件巧合的事情告訴他們。

可是，當我走出餐車時，卻看到前面幾個車廂中的人都打開了門，紛紛探頭向前方的車廂看過去。

這種情形，一望而知，**有意外發生了！**

就在這時，兩個列車員推着擔架牀急急

從前方走過來，雖然擔架上的人罩着氧氣面罩，但我還是一眼就認出了他。

他是那位老先生！

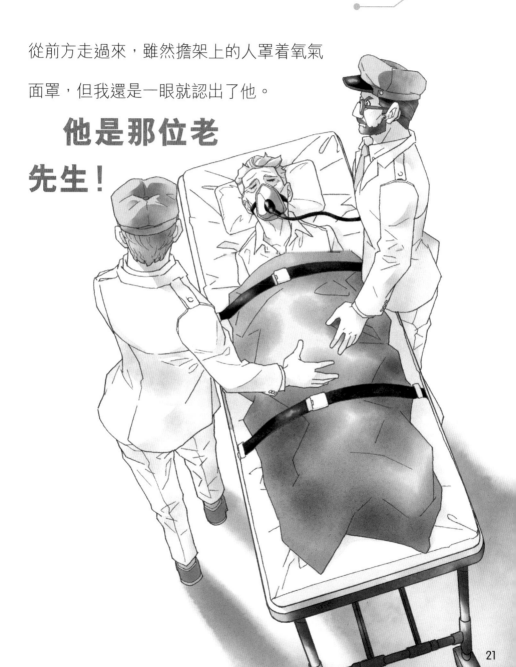

我不由自主地「噢」一聲叫了起來，連忙*側身*讓他們通過，只見老先生睜開了眼望着我，好像想對我說什麼，可是他根本沒有機會說話，因為他罩着氧氣罩，而且列車員正急忙送他去✚醫療室。

真想不到，半小時之前，老先生還精神旺盛，轉眼間卻變成這樣子。他臉上一點血色也沒有，呈現一種可怕的**青灰色**，情況顯然十分嚴重。

但更令我震驚的事還在後面，在我發怔時，忽然聽到一聲大喝：「*讓開！讓開！*」

我連忙*閃身*，看到向我呼喝的是一個穿着白袍、十分年輕的**駐車醫生**。他急匆匆地走來，在他身後，是另一張擔架牀，也是由兩個列車員推着。躺在擔架上的，是那位老太太！

她也罩着氧氣罩，一樣臉色泛青。所不同的是，老先生只是一動不動地躺着，而老太太則在拚命掙扎，雙眼睜

得**極大**，她身邊的護士狠狠地按住她，不讓她亂動。

我**驚駭莫名**，一時間想不通他們兩人在這半小時裏發生了什麼意外。

老太太一看到我，立刻伸出手來，拉住我的衣角，另一隻手扯掉了氧氣罩，神情極痛苦，嘴唇劇烈地**發抖**，好像想對我說話。

我一邊跟着擔架前行，一邊俯下身去，將耳朵湊到老太太的嘴邊，果然聽到她**斷續**而急速地唸着：「天！**他們殺人！他們殺了我們！**」

聽到她這樣説，我震驚不已，連忙追問：「你是説……」

可是，我的話還未説出口，那醫生便把我推開。原來我們已來到緊急醫療室，他們將老太太送進去**急救**，把我擋在門外。

我敲了幾下門説：「可以讓我進去嗎？她還有話要對我説。」

裏面的人忙於急救，自然沒理會我，我也不敢再打擾他們。

此時，列車長和一名警官走了過來，我立即對他們説：「裏面那兩個人，半小時之前還**生龍活虎**，現在情況卻很惡劣，那位老太太對我説，**有人殺他們！**」

　　列車長和警官都沒理會我，列車長拍密碼卡開門，兩人走了進去。我想硬擠進去，卻又被那警官推了出來。

　　我實在無可奈何，因為我連老夫婦的名字叫什麼也不知道，能憑什麼身分進去❓於是只好在門外等着。

　　過了五分鐘左右，車上突然🔊廣播：「各位乘客，由於列車上有兩位乘客💗臟病突然發作，而列車上的醫療設備不足夠，所以必須在前面一個車站緊急停車，送病人到➕醫院。希望不會耽擱各位的旅程，敬請原諒！」

　　廣播用英文、法文、德文重複着。

　　我往窗外看，火車正在荷蘭境內。

　　我忽然想起，雖然不能進入緊急醫療室，但我可以去事發的車廂中，看看能否找到線索。

　　我轉身向前走去，本來並不知道他們的車廂何在，但

一進入頭等車廂，就馬上知道了，因為我看到兩個警員提着兩個行李箱走出來，箱子上寫着「浦安先生」和「浦安夫人」。

直到這時，我才知道這對老夫婦的名字。

「是他們的？」我迎上去問警員。

一名警員說：「是！真巧，**兩夫婦同時心臟病發作！**」

我呆了一呆，等他們走了，便探頭去看那車廂，裏面完全沒有*掙扎***打鬥**過的迹象。只聽到幾個乘客在走廊中交談，其中一個中年男人自稱最早發現兩人出事。

我連忙問：「當時的情形……」

我才開口問，他就主動地說：「我的座位在他們後一節車廂，最靠近車廂門的位置，當時我看到他們車廂的門突然**拉 開**，老先生先撲出來，接着是老太太，他們喊叫：

『**救命！救命！**』我立刻大叫起來，然後列車員就來了！」

「老太太沒有再說什麼嗎？」我**緊張**地追問。

那中年人攤了攤手，「老太太在倒地的時候，叫着：『**天！他們殺人！他們殺人！**』可是，我不知道她這樣叫是什麼

意思，因為他們的車廂裏根本沒有其他人。」

原來浦安夫人已不止一次對人說「**他們殺人**」這句話，這使我心中的**疑惑**倍增。

這時候，列車的速度慢了下來，在一個市鎮車站停下，救護車早已在車站等候着。

我也急忙下車，跑向救護車，打開了車門，坐在司機的旁邊。

司機**錯愕**地望着我，我解釋道：「我是病人的朋友。」

司機接受了我的解釋，擔架抬上了救護車後，車上的醫生和護士忙着為浦安夫婦急救，而救護車亦迅速往**✚醫院**駛去。

但當車子駛離車站時，我突然看到路邊停着一輛的士，陶格一家準備上車，司機正在幫他們放置行李。

我十分**驚訝**，因為列車的目的地是**法國**，而這個**荷蘭**小鎮根本不在預定行程之內，何以陶格一家會在這裏匆匆下車？

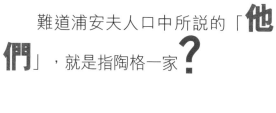難道浦安夫人口中所説的「**他們**」，就是指陶格一家**？**

29

第三章

疑兇?

陶格一家莫名其妙地在這個小鎮下車，實在非常**可疑**?，我決定要去問清楚他們。

為了追上他們，我突然大叫一聲，嚇得司機猛地停了車，便匆忙開門下車。

司機被我**嚇了一跳**，驚呆地望着我，我連忙揚了揚手喊道：「不用管我，趕快把病人送去醫院！」

此時，陶格一家早已登上了的士，我連忙追上去，可是跑了幾個街角之後，那輛的士已經**愈駛愈遠**，消失於我的眼前，我甚至沒有機會看清它的車牌號碼。

我只好停下來，細心思考陶格一家是否真的與浦安夫婦突然同時「病發」有**關聯**：雖然浦安夫人曾說過「他們殺人」這句話，但所指的「他們」，是否就是陶格一家呢**?**

　　我認真一想，就立刻否定了。因為我清楚記得陶格一家在餐車用餐完畢後，是向車尾方向走去的。而浦安夫婦的車廂，卻在車頭那邊。

　　如果陶格一家中的任何人，要去**殺害**浦安夫婦，就必須走向車頭部分，而火車上只有單一的通道，他們要到浦安夫婦的車廂去，必定會經過餐車，但我卻沒有見到他們經過。

　　既然陶格一家並非兇手，為何會匆忙下了火車？那可能有他

們私人的原因。至於浦安夫人說「他們殺人」，所指的是誰？恐怕只能等她情況好轉的時候再問清楚了。

小鎮上只有一家 ✚ 醫院，所以並不難找。我到達醫院時，看到兩張病牀從急症室推出來，病牀上的人被白布從頭到腳 蓋着，而跟在病牀旁邊的，我認得他是救護車上的醫生。

我感到不妙，戰戰兢兢地指着病牀問：「他們……是火車上出事的那對夫婦？」

那醫生望了我一眼，「你是他們的朋友？」

我點點頭。

醫生作了一個無可奈何的手勢，「**死了**。」

我深深吸了一口氣，問：「死因是什麼？」

醫生說：「初步斷定是**心臟病**。」

我追上了病牀，對推着病牀的職員說：「我想看看他們！」

一個職員回應道：「這裏不方便，到**殮房**去吧。」

我點了點頭，便跟着他們去殮房。浦安夫婦被送到殮房後，職員揭開了白布，將浦安夫婦的屍體搬到一張枱上。

我走近一看，心裏無限感慨。一小時前，我還在和他們說話，但現在，我卻望着他們的屍體**！**

兩人的臉色均呈現一種可怕的**青藍**色，猶如被吸血殭屍吸乾了血一樣。當然，他們的頸上並沒有被咬的**傷痕**。

如此難看的臉色，應該是嚴重的心臟**梗塞**所造成。

忽然間，殮房的門被*推開*，剛才那個醫生帶着一名警官進來。

警官問我：「你好，你是兩位死者的朋友？」

「是！」我回答道。

「死者還有什麼親人？」警官問。

我有點**尷尬**，「我不知道，我和他們認識的時間不算久。」

我當然沒有告訴他，我和浦安夫婦只認識了一小時，說過幾句話而已。

那警官沒有追問下去，只說：「我叫莫里士。既然你是我們目前唯一接觸到，與死者最**親近**的人，我便向你說一下接下來的程序。我們會先檢查他們兩人的行李和隨身物品，包括手機、銀包、護照等等，以確認他們的身分，從而通知他們的親人。」

我點頭表示明白，但未等他說下去，我便追問：「接着會**剖驗**屍體、調查死因嗎？」

莫里士有點**訝異**地望着我，「死因不就是心臟病發嗎？有可疑之處？」

「**當然有！**」我認真地說：「夫婦兩人同時心臟病發，你不覺得**奇怪**嗎？」

莫里士眨着眼，「夫婦患同一類型的心臟病，這也不算稀奇。」

「是的。」我說：「但他們同時病發致死，那就太巧合了。」

莫里士不以為然，「那也非常合理，他們坐在一起，受到的外界**刺激**也大致相同。例如他們可能同時暈車浪，同時看到**驚嚇**的畫面，或者夫婦倆激動地吵架，因此同時觸發心臟病。」

「但如果刺激他們病發的因素是人為的，是蓄意的，

那算不算是 ？」我問。

莫里士警官大笑起來，「先生，

你很有趣，你以為是什麼將他們嚇死

的？車廂裏出現 嗎？那我豈不是要去捉鬼？」

我搖了搖頭，並不欣賞他的幽默，

只簡單地說：「也可能是 神經毒劑

使他們心臟衰竭。」

莫里士的笑點 太低，仍然在

大笑，「你是不是特工片看得太多

了？哈哈……」

「女死者在急救前曾對我說：『他們

殺人！』」

我此話一出，他馬上硬生生地收起了

笑容，呆了一呆，才說：「那我們先看看他

們的物品吧。」

　　浦安夫婦的行李和隨身物品都隨着救護車送到醫院來，暫時放在醫院的一間辦公室裏。我和莫里士到了那辦公室，打開了浦安夫婦兩人的旅行箱，只見裏面幾乎全是普通的衣物，而在箱蓋的 **夾袋** 中，找到了他們的旅遊證件，都是 **法國** 護照。

　　忽然間，那堆隨身物品突然響起了 **鈴聲** ，原來是浦安夫人的手機響起來。

　　我和莫里士都 **嚇了一大跳** ，並非被鈴聲嚇倒，而是因為我們看到手機上的來電顯示，**竟然是「浦安先生」！**

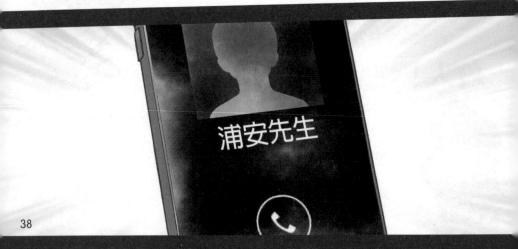

第四章

死因成謎

莫里士**戰戰兢兢**地拿起浦安夫人的手機接聽：「喂。」

只見他專心地聽着對方的講話，**繃緊**的臉容漸漸放鬆下來，說：「你是浦安夫婦的兒子嗎？」

我聽到後，也鬆了一口氣。來電顯示上的「浦安先生」，原來是他們的兒子——小浦安。

莫里士向對方介紹自己是**荷蘭**當地的警官，並交代其父母在火車上心臟病發**致死**的不幸意外，請小浦安盡快前來處理父母的身後事。

第二天下午，小浦安來了。他是一個**藝術家**，頭髮和鬍子**糾纏**在一起，看上去有點邋遢，不過，倒還

可以認出他的輪廓，他長得和浦安先生十分相似。

「心臟病？笑話！他們兩人**壯健如牛**！」小浦安激動地說。

莫里士解釋道：「很多人有潛伏性的心臟病，自己並不知道。」

「醫生也不知道？他們兩人一個月前才作過詳細的身體檢查，一點毛病也沒有**！**」小浦安說。

莫里士眨着眼，無言以對，我問：「請問，替他們作檢查的是專業醫生嗎？」

畢竟現今能作身體檢查的地方有很多，水準**參差不齊**。

小浦安**疑惑**地瞪着我，「你是誰？」

我答道：「我是你父母的朋友。」

小浦安的眼神帶點懷疑，似乎不太相信父母有一個這麼年輕的**中國**朋友。

他說：「是塞格盧克醫生。」

我一聽到這個名字，禁不住叫了

出來：「噢！原來是他！」

「你認識他？」小浦安問。

「嗯，我跟他們一家是認識的。他

太太是個傑出的女高音，女兒也自小跟

着媽媽學 ♪唱歌，所以，盧克醫生的辦公室裏也放了一

些歌唱獎座。對不對？」我説。

小浦安點着頭。

同時，笑點低的莫里士忽然哈

哈大笑起來，「哈哈哈……」

我和小浦安都皺着眉望他，小

浦安惱怒地問：「有什麼好笑？」

莫里士也知道在這個場合不應

該笑，只是他確實忍不住，「對不起！我一想到醫生的辦

公室裏放着歌唱獎座，就忍不住了……」

小浦安冷冷地説：「我不覺得好笑！」

莫里士極力忍住不笑，可是心裏忽然想到了什麼，忍不住又

爆笑出來，「哈哈⋯⋯那盧克醫生在家裏豈不是要長期戴着耳塞**？**」

「**盧克醫生的女兒是我的未婚妻！**」

小浦安突然説出這句話，莫里士立時又硬生生地收起了笑容，不敢再拿盧克醫生開玩笑。

盧克醫生地位崇高，是一家著名醫院的院長，我從沒聽過他會親自為病人檢查身體的。但原來他女兒和小浦安有這樣**密切**的關係，我便恍然大悟了。

「以盧克醫生的專業水平，他確認過你父母的身體沒有毛病，那麼，他們很可能並非死於心臟病。」我說。

經過一番討論和考慮後，小浦安簽了**剖驗屍體**的同意書。

第二天，法醫來到，會同醫院的醫生，一同進行剖驗。

一小時後，法醫和兩個醫生走出來，法醫向等着結果的小浦安和我說：「左心瓣阻塞，血液不能通到動脈去，死者因而死亡，這是一種**嚴重**的先天性心臟病。」

小浦安叫了起來：「**不可能！**」

我冷靜地向法醫解釋：「死者兩夫婦在一個月前才接受過檢查，證明他們很健康。」

「那麼，替他們檢查的醫生應該提前退休了。」法醫

説：「任何醫生一看到兩人的解剖圖片，都能清楚看出**死因** ！」

　　法醫說得如此肯定，我們自然也無話可說，事情到了這地步，想不罷手也不行。

　　小浦安留下來辦父母遺體 火化 的事宜，而我則趕去巴黎繼續我的旅程。

到了巴黎，我一連兩天參觀了博物館。在第三天早上，我收到一個 📞 **來電**，一接聽，便是一個女人在 **尖叫**。

我 **嚇了一大跳**，立即又聽到一個男人斥道：「你暫停一下好不好？我要打電話！」

女人的 **尖叫聲** 停止，而我也認出了那男人是盧克醫生的聲音。可想而知，那女人的尖叫聲，一定是他的太太或女兒正在 ♪練唱。

我笑説：「盧克，怎麼了？有什麼急事，不等到了醫院辦公室才打電話給我？」

盧克大聲道：**「你是怎麼一回事？在巴黎也不來見我？」**

我連忙將手機拿遠點，因為他叫得實在太大聲了，「請你小聲一點！」

「對不起，我在家裏講話大聲慣了。你立刻到我的醫

院來，我有事要問你 **!**」

　　我答應了他，在半小時之後，踏進他**寬大**的院長辦公室。他一看到我，還未及打招呼，就把我拉到桌前，要我看一疊照片。

我用 ?疑惑? 的眼神望向他，他説：「這是約瑟帶回來的照片！」

「小浦安？」我問。

「是。這是剖驗浦安夫婦時拍下來的照片，照片拍得很好，任何人一看，都能看出死因。」

我假裝看得懂，點頭道：「嗯，是先天性心臟病。」

盧克 **嚴肅** 地説：「**那是相中人的死因，但不是浦安夫婦的死因！**」

我一怔，「什麼意思？」

「我的意思是，他們在解剖的時候，弄錯屍體了，將別人的屍體當作是浦安夫婦！」

聽他這樣説，我感到啼笑皆非。我 **斬釘截鐵** 地説：「絕對不會。屍體推進去的時候，我看得很清楚，就是浦安夫婦。而且，弄錯一具勉強還有可能，兩具屍體一起弄錯，那就太 **荒謬** 了。」

　　盧克 冷笑 了一聲，又拿起一個文件袋，抽出兩張心臟的 **X光透視圖**，向我展示，「這是一個月前，浦安夫婦來做身體檢查時拍攝下的。你看，他們的心臟一點毛病也沒有，健康得近乎完美，決不可能於一個月後因先天性心臟病致死！除非……」

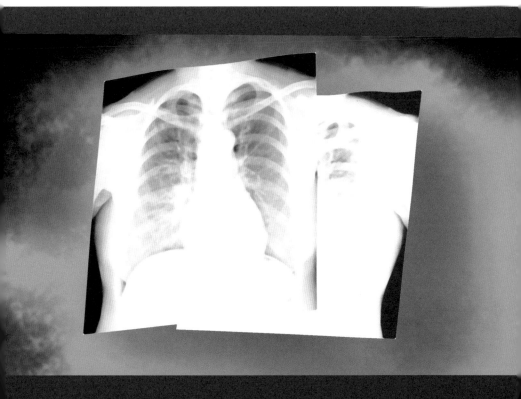

我心中充滿了**疑惑**，「除非什麼？」

盧克冷笑道：「除非有人**剖開**了他們的胸膛，**截斷**兩根肋骨，再剖開他們的心臟，將一團肉塞進通向大動脈的血管之中！」

「當然不可能有這樣的事！」我有點發怒。

盧克神氣地一笑，「所以，我就說是他們弄錯了屍體。」

我指着那兩張X光片，**揶揄**道：「你有多久沒親自為病人做身體檢查了？我看你弄錯X光片的可能性還比較大。」

盧克堅定地說：「**決不會！**正因為我沒有為其他人做身體檢查，根本就沒有其他的X光片可調亂。」

「一個人受到了**極嚴重**的驚嚇，會不會變成這樣？」我認真地問。

「當然不會，正常人只會被嚇暈。真會被嚇死的人，一定早有毛病。而早有毛病，我一定查得出來，不會不知道！」

他又嘆了一口氣，「約瑟這小子，連父母是怎樣死都沒弄清楚，就將屍體火化了！」

我沒有說什麼，這其實不能怪小浦安，法醫已經剖驗了屍體，他沒有理由不相信。

隨着浦安夫婦的屍體已火化，這個？謎？也難以再解開了。

我之前說過，是有兩件奇怪的事，使我對陶格一家產生興趣，而浦安夫婦的死亡，只是其中之一。

第五章

每個人
都需要
玩具

而第二件怪事，發生於浦安夫婦死後大約一年。

我有一個朋友，是心理學教授，名字叫周嘉平。他舉辦了一個演講會，硬要拉我去聽，演講的題目是「玩具」。

那是一個十分沉悶的演講，我整個過程都處於昏昏欲睡ᶻᶻ的狀態，要是他看到了的話，一定會非常生氣。

雖然我昏昏欲睡，但因為他講話的聲音實在太響亮了，使我無法真正入睡，他的話斷斷續續地傳進了我的耳中。

他的演講，大意是說：玩具和人有着極其密切的關係，任何人從滿月小孩到八十老翁，都離不開玩具。小孩有小孩的玩具，青年有青年的玩具，成年人有成年人的玩具。

人需要 **玩具**，是為了滿足心理上一種特殊的需要。從幾歲小孩搓 **泥人**，到成年人玩手機，甚至有人要製造專門載人到太空旅遊的 🚀 **火箭**，心理上的需求大致一樣。

一陣熱烈的掌聲忽然響起，我知道他的演講終於結束了，我一邊鼓掌，一邊站起來準備離開。怎料我才一站起來，周嘉平身邊的一個女助手就指着我說：「現在是發問時間，這位先生是不是有問題❓」

我當場呆住，**尷尬**得很，只好隨便地問：「周先生，照你的說法，每個人都需要玩具嗎？」

「問得好，請坐。」周嘉平說。

從他說「請坐」兩字的語氣，我便知道他在怪責我剛才 **打瞌睡** ᶻᶻ 和匆匆離場，我只好乖乖坐下。

周嘉平開始回答我的問題：「是的，我可以肯定，任何人在他一生的歷程中，一定有過各種各樣不同的玩具，你見過有什麼人一生之中都沒有玩具的❓」

我正打算回答「沒有」來終止跟他的對話之際，突然有一位年輕人舉手說：「**有！**」

所有人的目光都被他吸引過去，他索性站起來說：「周先生，你好。我叫李持中，是個玩具推銷員。最近，我曾向一個家庭推銷玩具，而這個家庭的所有成員，就對玩具一點興趣都沒有**！**」

李持中說得很認真，但周嘉平卻**開玩笑**道：「那或許是閣下的推銷技術有問題，我已經想好下次演講的題目了，就是『推銷心理學』！」

周嘉平的回答引起一陣**哄笑聲**。

李持中有點憤怒，大聲說：「我是公司裏最優秀的推銷員，所以那次經歷對我十分深刻，世上居然有一家人，對玩具不但沒有興趣，甚至乎是**厭惡**和**憎恨**！」

周嘉平皺了皺眉，「這很不尋常，你可以簡單説一説這個案例嗎？」

李持中深吸一口氣，述説：「我是一個玩具推銷員，負責推銷相當高級的 **電子玩具**，那類玩具的形式有很多，包括可以自由組裝的 **電子積木**、透過手機控制的遙控玩具車、會走路和對答的 **智能機器人**、絕對安全的玩具飛行器，還有……」

周嘉平打斷了他的話：「李先生，你不必一一介紹你推銷的玩具種類，我們知道你是一個玩具推銷員就夠了。」現場又是一陣 **哄笑**。

李持中繼續説：「我所推銷的玩具，體積 **大** 的居多，所以，玩具通常都不帶在身上，只是準備一本印刷得十分精美的目錄，就是這本……」

説着，他從公事包裏拿出目錄。

天啊！我心裏不禁大嘆一聲，演講本身已經夠沉悶了，還加上一個借發問來推銷產品的推銷員，這真是我見過最**糟糕**的講座！我忍不住又悄悄站起來，打算趁機離開。

周嘉平小連忙終止李持中的發問：「李先生，你那個案例看來有點**複雜**，為了不耽擱時間，我們先讓其他人發問，你的問題可以電郵給我。」

李持中**漲紅了臉**，失望地坐下。

而我偷偷離開又被周嘉平逮住，他指着我大聲説：「各位，剛才第一個發問的這位先生，大家認得他嗎**？**他就是衛斯理先生，我們鼓掌歡迎他。」

現場所有人紛紛向我望過來，熱烈鼓掌。

「衛先生忽然站起來，是不是有什麼**古怪**的經歷要和我們分享一下？」周嘉平對我**壞笑**。

我料不到他會忽然來這一招，馬上回敬道：「我只是覺得剛才那位先生的故事很**有趣**，想走過去聽他說說而已。」

觀眾們哄笑起來，周嘉平一時不懂回應。

李持中聽了我的話，十分**期待**地望着我，可是我卻在他面前擦身而過，**匆匆**走向升降機口。

我進入升降機時，李持中居然也追了進來，伸出手說：「衛斯理先生，你好！」

我深感**不妙**，十分後悔剛才對周嘉平說的話，如今真是自找麻煩了。

我點了點頭，禮貌地與他握手，先發制人地說：「我剛巧有事，你發**電郵**給周嘉平的時候，多發一份副本給我就好了，我的電郵地址是⋯⋯」

我快速唸出自己的電郵地址，務求令他**記不清楚**。

但李持中已滔滔不絕地說起話來：「我做了玩具推銷員三年，很了解人們對玩具的反應。就算他們不打算買，也會對玩具感興趣，尤其我所推銷的玩具，都是新奇好玩而**變化多端**的電子玩具……」

我只是不停「嗯嗯」地應着，等升降機一到地下，我就跟他揮手告別。

可是，就在我跨出升降機門的時候，他忽然講了一句：

「但那姓陶格的一家人，真是怪得很！」

我一聽到「姓陶格的一家人」，就立刻站住，等他也步出升降機，馬上向他詢問：「你說的陶格一家人，不是本地人？」

「不是。看來像北歐人，男的一頭**紅髮**，英俊得像電影明星。」李持中答道。

我立刻接着說：「女的一頭**金髮**，美麗得像天仙！」

李持中連連點頭，「是！是！」

我吸了一口氣，又說：「還有兩個小孩，一男一女？」

「**啊！**衛先生，原來你認識他們！」

我指了指前面的咖啡座，「你現在有空嗎？可不可以詳細說給我聽聽？」

李持中很高興，「**當然可以！**」

我們來到咖啡座，點了咖啡，李持中便娓娓道來：「那就得從頭說起。大約一個月前，我到一棟高級住宅大廈推銷

玩具，那裏每戶的門口都釘着 **銅牌**，刻着戶主的姓氏。我

來到一戶刻着「*陶格*」二字的門前，按了鈴，開門的是陶

格夫人，她沒有什麼特別的打扮，卻 **明艷**

得叫人吃驚。」

「沒錯，就是她！」我點頭認同。

李持中繼續說：「我當時呆住了很久才能開口說話，介紹自己是推銷員。她很友善，請我進屋子裏坐。他們屋內的佈置極其 **精緻優雅**，我一進去，就看到了陶格先生和他們的兩個孩子。」

我點頭道：「**唐娜和伊凡！**」

「你果然認識他們！」李持中一臉 **訝異**，然後接着說：「我看得出他們是一個極其融洽的高尚家庭，他們非常友善地招待我。可是，我才開口說了一句話，**一切就全變了！**」

「你講了一句什麼話**？**」我好奇地問。

第六章

推銷員的奇遇

「希望你們對我列舉的一些新奇**玩具**會有興趣。」李持中說完這句話，就緊緊地注視着我。

我呆了好一會，才如夢初醒，**訝異**地問：「就是這一句？」

李持中點點頭，「是的。我說了這句話之後，**一切都變了。**」

「變成怎樣？」

「我說了這句話後，友善的氣氛一掃而空，陶格先生臉色**鐵青**，站了起來，陶格夫人的臉色也變得**蒼白**，而兩個孩子更驚叫起來，躲到父母的身後。我當時只感到莫名其妙至極，不知道自己做錯了什麼，令他們如此憤怒和**恐懼**。」

「他們有說些什麼嗎？」我問。

李持中顯得有點**沮喪**，「陶格先生很快就對我喝道：『**出去！請你出去！**』我定了定神問：『先生，我不明白，為什麼……』不等我講完，陶格夫人也失聲叫了起來：『**走！求求你，快走！**』

「在這樣的情形下，我沒法子不走。我拉開了門，準備出去，那時我看到他們一家人都以充滿**敵**意的目光望着我。我不知道自己做錯了什麼，但我想作出補償，便說：『你們不想買我推銷的玩具也不要緊，我不介意。我

這裏有份小小的禮物，免費送給你們』

　　「我一面說，一面取出一個小紙盒，打了開來，從盒中拿出一個只有五厘米高的小機器人。那是一個微型版的贈品，雖然細小，但內裏同樣有電子線路，能做出多種可愛的動作。

　　「我把它放在門口的一張几上，按下了開關，小機器人便跳起舞來。我對他們說：『這是我送給你們的贈品……』

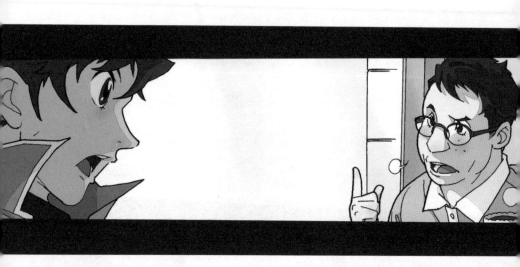

可是，我的話才說到一半，更意想不到的事發生了！」

「發生什麼事？」我緊張地追問。

李持中吞了一口口水，繼續說：「我這件小玩具，講明是送給他們的，那是我的一番好意。可是，當我把 小機器人 一放在几上，那兩個孩子便驚恐大哭，陶格夫人立刻緊緊抱住他們，身子在 發抖 ，臉上現出了驚恐的神色，不斷向後退。陶格先生則吼叫着：『拿走！快將這東西拿走！』」

「那時我真的呆住了，心想這一家人的精神狀態可能不正常，我也感到**害怕**，於是連忙拿起那個 **小機器人** 離開，陶格先生則慌忙地衝過來將門關上！」

李持中講到這裏，向我望來，「衛先生，你説陶格一家人是不是患了『**玩具恐懼症**』？」

我不禁苦笑起來，陶格這家人確實非常**神秘**，一年前在火車上初遇，已經給我留下了許許多多的謎團，如今他們一家人對玩具的反應又是如此不尋常，而且他們為什麼會搬到這個城市來居住呢**？**這實在是耐人尋味。

「我一定要再去拜訪他們！」李持中忽然**堅決**地説。

「為什麼？」我問。

「我要找出自己推銷失敗的原因，在哪裏跌倒，就從哪裏爬起來**！**」

李持中確實是個堅毅的推銷員，我很欣賞他，並説：「你見完他之後，可以把過程告訴我嗎？」

「當然可以。」他一口答應。

三天之後，我收到李持中的 來電，但電話裏頭的，卻是警方特別工作組那個最惹人討厭的傑克上校，他叫我趕快到第三醫院的 急症室去。

「去幹什麼？」我愕然地問。

「這手機的主人要見你！」傑克説。

「在急症室裏見？」我呆問。

「**你再不趕來，可能要到天堂見了！**」傑克大喝一聲便掛了線。

我知道事情一定不妙，急忙開車趕到醫院，一名警官向我迎來，我問他：「究竟發生什麼事？」

　　那警官一邊帶路，一邊説：「有人從住所 **墮樓**，傷得極重，卻堅持要打電話給你，恰好上校在，便幫他打電話通知你。」

　　警官帶我來到急症室外，恰好兩個醫生走了出來，一看到警官，就搖着頭。

警官問：「他不行了？」

「**至多還有幾分鐘**。」醫生指着我，「這就是傷者要見的人？」

警官點點頭，拉開了急症室的門，讓我進去。我看到躺在病牀上的，果然是李持中**!**

他的情況看來極不妙，已經在 **死亡的邊緣**，我連忙來到病牀前，對他說：「**我來了！**我是衛斯理，你有什麼話要對我說？」

李持中整個人 **震動** 了一下，吃力地轉過頭來，目光 **散亂**。我將耳朵湊到他嘴邊，初時聽不清他在說什麼，但他重複說了幾遍後，我便驚呆住了，因為我聽出他在說：「**他們殺人！**」

「他們是誰？」我驚問。

李持中的嘴唇 **劇烈顫抖**，喉嚨裏發出「**格**」的一聲，然後便斷氣了。

我後退了一步，看到李持中的臉色呈現着可怕的 **青藍色**，和浦安夫婦死時的狀況一模一樣**！**

這使我不禁又聯想到陶格一家：浦安夫婦死前見過陶格的兩個孩子，而李持中死前亦向陶格一家推銷過玩具。

李持中重傷時堅持要聯絡我，臨終前又説了一句「**他們殺人**」，和浦安夫人所説的，雖然語言不同，但意思一樣。

「他們」就是陶格一家嗎**?**

想到這裏，警官突然拍了一下我的肩膀，「衛先生，傑克上校在案發現場等你！」

我「**哦**」了一聲，便跟着那警官前往李持中的住所。

那是一座舊式樓宇，只有四層高，傑克在一樓的窗前向我喊：「臨死的人要見你，你可以改行去當✝**神父**✝了！」

我不去和他計較，只説：「可惜他傷得太重，只對我説了一句『**他們殺人**』，估計他是被人**推下樓的**。」

傑克馬上哈哈大笑起來，「你相信從這裏推下樓能殺人**?**」

他說完，竟然親身**跳出窗外**，落在地上，站在我的面前。我頓時感到十分**尷尬**，因為李持中住所的窗口離地只有兩米多，就算被人推下來，也不會跌死。難怪我在醫院看到李持中的時候，他身上沒有什麼顯着的**傷痕**。

我沉住氣問：「如果他不是被人推下樓的，那麼他為什麼會墮樓？是意外嗎？」

傑克又**嘲笑**道：「你當他是**小孩**嗎？還會有爬窗墮樓那種意外？我帶你看看現場的情形吧！」

他帶我進入李持中的住所，屋內的陳設很簡單，較特別的是幾乎每個角落都放滿了各種各樣的**玩具**，現場並沒有任何打鬥過的痕迹。

李持中墜樓的窗戶在睡房，我們進去查看，房間並**不大**，除了各種各樣的玩具之外，幾乎沒什麼別的裝飾。牀就放在窗前，鋪着被子，被子上有一雙明顯的*腳印*，方向朝着窗戶。

我一看到這個情況，馬上**反擊**傑克：「看到嗎？**牀上有一雙腳印！**那是兇手站在牀上，把死者推出窗外所留下的。」

「為什麼*腳印*只有一雙？」傑克問。

「因為兇手抬起了死者，所以沒有死者的腳印。」

「這是赤腳的腳印。」

「兇手不能赤腳嗎？」我反問。

「但這是死者的腳印。」

「你怎麼知道？」

傑克指着那左邊的腳印說：「你看，左腳的尾趾異常**腫大**，那是因為死者運動時弄傷了左腳尾趾。我不認為會這麼巧合，兇手也剛好弄傷了左腳尾趾。」

我決不服輸，繼續推測：「原本是有兩雙腳印的，兇手把死者推出窗外後，便把自己的腳印*撫平*，只留下死者的。」

傑克一臉沒好氣的樣子，「你就非要*鑽牛角尖*不可嗎？這顯然就是死者自己*跳出窗外*的。」

「他為什麼要這樣做？」

傑克**神氣**地說：「很簡單！估計死者當時在牀上忽然心臟病發作，情況非常**嚴重**，無力去求救，怕自己在屋內失救致死，便拚盡一口氣從牀邊的窗戶跳出去。」

一聽到「**心臟病發作**」，我心中便亂到了極點，喃喃自語：「**又是這樣？**無緣無故忽然被發現有先天性心臟病？」

「很多人都不知道自己有潛伏的心臟病。」傑克說。

在我思緒極亂之際，身後突然響起了一連串「啪啪」的聲響，**嚇了我一大跳**。我轉頭一看，發現牀頭櫃上一個約二十厘米高的機器人竟忽然動了起來，對着我**手舞足蹈**！

第七章

拜訪陶格

我被那機器人嚇得後退了一步之際，便聽到傑克哈哈大笑的聲音：

「哈哈……衛斯理，你什麼時候變得這樣膽小的？連一個小玩具也怕！」

傑克伸手把機器人關掉，原來剛才是他悄悄啟動了機器人來嚇我，他還神氣地說：「如果你有潛伏性心臟病，剛剛已經病發身亡了，別把事情看得太複雜，一件玩具也可以嚇死你的。」

我瞪了他一眼，「而你就成了謀殺犯！」

「哈哈。」他笑着轉身，走了出去。

我細看剛才那個 ，相信就是李持中想送給陶格一家的那種，只是贈品屬於五厘米左右的迷你版，而我眼前這個近二十厘米高的就是原版了。

我無意和傑克再爭論下去，既然已把死者臨死前告訴我的話轉達了，我也算是功成身退，可以放心回家了。

回到家裏，我把整件怪事從頭到尾向白素說了一遍，她聽完後，「嗯」了一聲，問：**「怪在什麼地方？」**

「你不覺得事情太巧合嗎？三個人死了，而這三個死者，出事前都和**陶格一家**有過接觸。」

白素露出驚訝的神情，我以為她認同我的猜想，怎料她說：

「我懷疑你才是兇手！」

「為什麼?」我感到莫名其妙。

白素摹倣我的話:「你不覺得事情太巧合嗎?三個人死了,而這三個死者,出事前都和**你**有過接觸。」説完,她也忍不住笑了起來。

我氣得要捏她的臉蛋,反駁道:「如果我是兇手,死者臨死前就不會對我説**『他們殺人』**,而是説**『我做鬼也不會放過你』**!」

「哈哈……」白素笑得更厲害。

幾天後，傑克打電話來，神氣地告訴我：「驗屍結果有了，李持中死於心臟病，是先天性的心臟缺陷。你還堅持是**謀殺案**嗎？」

「謝謝你通知我。」說完，我便掛斷了他的線。

以上就是第二件怪事的經過了。

由於事情過於巧合，我總覺得浦安夫婦和李持中的死與陶格一家有關，於是決定去拜訪一下他們。

我選擇了**黃昏時分**來到那棟大廈門外，兩個穿着制服的管理員向我望了過來。未等他們開口，我已把名片遞給他們，説：「你好，我是來見陶格先生的。」

他們看了我的名片，其中一個驚喜地説：「噢，原來是衛先生**！**」

另一個馬上客氣地開門，「陶格先生住在十一樓，請上去。」

我乘電梯到達十一樓，來到了陶格先生住所的門前，

伸手 **按了鈴**。

不久，陶格夫人便來開門，她穿着簡單的洋裝，**美麗**得令人目眩。

「我有什麼能幫你？」她客氣地問。

我裝出十分**驚訝**的神情來，

「噢！我們好像見過⋯⋯」

我一面說，一面用手敲着自己的頭，又裝出突然想起了的樣子，「對了！在列車上！大概一年前，在歐洲列車上，我們曾經見過！你有兩個 **可愛** 的孩子，是不是？這真是太巧了！」

陶格夫人 **微笑** 道：「是嗎？我倒沒有什麼印象了。」

「不會認錯的，你們一家簡直就像畫家筆下的 **完美人物**。」我說。

陶格夫人仍然帶着美麗的微笑，「謝謝。請問先生你……」

我馬上取出名片，當然不是我自己的名片，估計他們也不知道衛斯理是誰，而是取出一張預先印好的名片，遞給了陶格夫人，說：「我是這棟大廈物業管理公司的 **客戶關係經理**，我有責任訪問大廈的每一個住戶，聽取他們對本公司的意見。我可以進來嗎**？**」

　　陶格夫人猶豫了一下，才將門打開。我走進客廳，看到陶格先生走了出來，滿臉疑惑。陶格夫人將我的名片給他看了，他便請我坐下。

　　「請坐，請問你需要知道什麼？」陶格先生問。

　　我裝出興奮的模樣說：「陶格先生，真巧，我們大約一年前曾見過面，你還記得嗎？兩個孩子可好？」

　　陶格先生對陌生人有點戒心，「是嗎？請問你想知道什麼？」

我只好**裝模作樣**地問：「我想知道閣下對大廈管理的一些意見。」

陶格先生說：「我沒有什麼意見，一切都很好。」

我還想說下去，可是陶格先生已經站了起來，這個舉動顯然是在提示我該離去了。但我不肯罷休，問道：「陶格先生，還記得浦安夫婦嗎？在**法國** 南部時，你們還做過鄰居**！**」

陶格先生愣了一愣，向旁邊的妻子問：「**親愛的**，我們在法國南部住過？」

陶格夫人立時搖頭，「沒有，我們也不認識什麼浦安夫婦！」

「**奇怪**，他們堅稱認識你們，而且還叫得出你們兩個孩子的名字，就是唐娜和伊凡！」

陶格有點**不耐煩**，「先生，你要是沒有別的事……」

　　我連忙說：「浦安夫婦的**死**，真讓人難過。」

　　我這樣說，是想看看陶格夫婦的反應。沒料到他們聽了這句話後，神情**驚駭**，陶格夫人更不由自主地撲向丈夫，陶格先生立時擁住了她。

　　「他……他們是什麼時候死的？」陶格夫人喘着氣問。

　　我感到十分驚訝，他們竟然不知道浦安夫婦已死**？**看他們的反應，不似是假裝出來的。我告訴他們：「就在那個**荷蘭**小鎮的醫院中，他們被送到醫院後，不久就

死了 ！」

　　他們兩人嚥了一口口水，陶格先生又問：「是⋯⋯是因為什麼而死的？」

　　「醫院方面剖驗的結果是 **心臟病發**，一種嚴重的先天性心臟病，可是⋯⋯」

　　我才講到這裏，他們兩人便 **驚恐** 地交換

了一下眼神。我覺得他們知道一些什麼，便追問：「對於他們的死，你們有什麼看法 **？**」

陶格先生忙道：「**沒有什麼看法！我們怎會有什麼看法？**」

「但我看到你們在那小鎮下了列車，匆匆坐上了的士……」

陶格夫人驚呼了一聲，陶格先生的神情也是**驚怒交集**，「先生，你這樣説是什麼意思？」

「那不是很奇怪嗎？列車本來不停那個小鎮的，可是，浦安夫婦一出事，你們就急忙地離開了，**為什麼？**」

「**我們不必向你解釋！**」陶格先生的神情很不客氣，同時向妻子示意打開大門，對我下逐客令。

我不肯走，繼續說：「還有一個不久前向你們推銷過**玩具**的年輕人，前幾天也死了**！**」

他們兩人的臉一下子變得 **慘白**。就在這時，睡房的門打開了，唐娜和伊凡跑出來問：「媽，什麼事？」

陶格夫人連忙俯身抱着兩個孩子，說：「沒事。」

她一面安慰着孩子，一面向我望來，哀求道：「**先生，請你離開吧，好嗎？**」

從他們的反應，我覺得他們不似是兇手，但好像有什麼難言之隱，隱藏着一些 **秘密**。

我索性坦白自己的身分：「對不起，其實我並不是物業管理公司的職員，但我經歷過許多**奇幻古怪**的事，若果你們也遇到類似的困擾，不妨告訴我，我一定能夠幫助你們！」

陶格先生和妻子交換了一個眼神，然後來到我面前說：「謝謝你，我們想先 冷靜 一下。」

「沒問題。」我拿出真正的名片遞給他，「你們冷靜過後，隨時可以打 ☎電話 給我。」

陶格先生連聲答應，並送我離開。

當晚白素去了聽音樂會，**午夜時分** 🌙 才回家，我將拜訪陶格一家的情形告訴了她，她 詭異 地問：「你這樣就走了？」

我聳聳肩，「我總不能賴在人家家裏，而且，他們會打電話給我的。」

這時，白素正在刷牙，忽然「噗」的一聲笑了出來，幾乎被牙膏嗆到，「你以為自己是誰？人家一定會求你幫忙嗎？」

被白素這樣一說，我立時心頭一震，大感不妙，二話不說就跑了出門。這時，只聽到白素又說了一句：「**我敢打賭，他們已經走了。**」

第八章
沒有來歷的怪人

我以最快的速度趕到那棟大廈門口，大堂裏兩個管理員正在**聊天**，一看到我**氣急敗壞**地跑來，連忙開門問：「衛先生，有什麼事？」

「我找陶格先生！」

管理員説：**「陶格先生一家人全走了！」**

「走了多久？」我真佩服白素的判斷。

管理員想了想，「你離開之後，十五分鐘左右，他們就走了，看來很**匆忙**，好像發生了什麼事似的。」

我冷靜一想，他們離開已經超過五小時了，我無論如何也趕不及追截，倒不如去他們的住所看看，説不定能找到什麼線索。

「我想去陶格先生的住所看一看。」我説。

「不行啊！」兩人異口同聲地拒絕。

我立刻皺眉，假裝憂心的樣子，「那就糟糕了，我怕他們的住所裏會有麻煩事。」

兩個管理員驚恐地互望了一眼，其中一個戰戰兢兢地問：「什……什麼麻煩事？」

另一個猜測着：「外星人？鬼神？不會是藏屍案吧？」

我不置可否，只説：「不盡快處理的話，恐怕會影響到其他人。」

兩個管理員被我嚇得臉色發青，顫抖道：「可是我們也沒有鑰匙啊！」

「**我有！**」我説。

「好吧，既然陶格先生給你鑰匙，表示他也同意讓你進出他的房子。」

於是他們伴着我乘升降機，來到陶格住所的門前。

我拿出一枚**百合匙**，花了少許工夫把門打開，兩個管理員看得**目瞪口呆**，指着百合匙問：「衛先生，你説你有鑰匙，就是指這個？」

我**尷尬**地笑了笑，「你們要進來嗎？」

他們猶豫了一下，然後用力地搖頭，「不了，我們在外面等着就可以了。」

「嗯，我處理好就馬上出來。」

説完，我便進入屋子去，只見廳中一切幾乎原封未

動。我進入一間睡房，裏面有兩張牀，相信是唐娜和伊凡的房間，但令我**驚訝**的是，房內居然連一件玩具也沒有，我從沒見過一個孩童的房間是沒有**玩具**的。

我又打開了另一間睡房的門，那是主人房，房中略見**凌亂**，有幾個抽屜打開着，衣櫃門也是開着的，裏面的衣服幾乎全都還在，那表示他們走得十分**匆忙**，沒帶多少衣服。

我檢查過書桌、几子、抽屜等等，快速 搜 查 全屋，居然找不到半張紙、書信或任何能夠追查陶格一家身分來歷的東西 **！**

「衛先生，怎麼樣？」管理員在外面催促着。

眼看逗留下去也不會有什麼收穫，我便離開了陶格的住所。兩個管理員 **緊張** 地問：「那個麻煩處理好了嗎？」

我點頭，然後邊走邊問：「你們知道陶格先生的職業是什麼嗎？」

他們立刻睜大了眼睛，驚呼道：「衛先生，你不是他的朋友嗎？」

我**苦笑**了一下，急急離去。

陶格一家走得那麼匆忙，到底是在**躲避**什麼呢？要查出他們的*行蹤*，恐怕只有借助警方的力量了。

於是，第二天，我迫於無奈走進了傑克上校的辦公室。

「有什麼事，開門見山吧，**我很忙！**」傑克一如以往的傲慢。

我直接說：「我想找一個家庭的資料，他們不是本地人，大約最近一年才搬來，但剛剛又走了，我懷疑他們已去了別的國家。」

「哼，衛斯理，這樣做是**侵犯私隱**，你認為我會幫你嗎？」

我也「**哼**」了一聲，「侵犯私隱的事你做得少嗎？」

101

傑克氣上心頭，「我所做的，全跟查案有關，不像你，老是好管閒事。」

「廢話少説，你不肯就算了！」

「當然不肯！」

「那就算了！反正那個陶格，我連他是什麼國籍也不知道！」我轉身離開。

「**等等**！」傑克忽然把我叫住，「你知道陶格多少事情**？**」

聽他這樣說，我便知道，原來警方也恰好在調查這個人**！**

我神氣地說：「我知道的可多了，想跟我合作，交換情報嗎？」

傑克**冷笑**了一聲，「我一點興趣都沒有，但有兩個人會想見你，坐下來等着吧！」

他居然命令我！但為了追查陶格的事，我只好忍着，坐了下來。

他步出辦公室，沒多久，便帶着兩個**高大**的洋人進來，其中一個中年人的樣子很普通，而另一個青年人則十分強悍，渾身是勁。

傑克指着那中年人介紹道：「這位是梅耶少將，這位是齊賓中尉。他們是**國際反恐組織**的成員，專門追查**恐怖分子**。」

我「啊」了一聲，「你們在追查陶格先生？難道他是恐怖分子？」

梅耶說：「衛先生，我們雖然沒有見過面，但對你的一切也相當熟悉，我們認為你是可以信任的朋友**！**」

「謝謝你，我也在調查陶格這一家人，希望我們可以 **交換** 些情報。」我說。

梅耶深吸一口氣，「我們懷疑這個陶格，就是暗地裏幫多個恐怖組織研製**生化武器** ☢ 的比法隆博士！」

這個名字我也略有所聞，我**詫異**地問：「比法隆博士不是已經消失了十年嗎？」

「沒錯。」梅耶說：「而那位泰普司‧陶格，恰巧就在十年前**橫空**_出現_。」

陶格先生的名字很特別，**泰普司**，聽起來就像 **Type C**，但我對他身分來歷的興趣更大，便問：「橫空出現是什麼意思？」

梅耶解釋道：「意思就是，他第一次出現是在十年前，而在那之前，從來沒有人見過他，也找不到他過去的任何資料，就好像忽然 從天上掉下來 一樣。時間剛巧就在比法隆博士**銷聲**匿迹後。」

我皺了皺眉，覺得很不尋常，任何人都會有紀錄，決不可能忽然出現的。

梅耶繼續說：「他第一次出現時，沒有人懷疑他的來歷，是我們開始注意他之後，追查他的歷史，卻發現查到十年之前，就無法再查下去了**！**」

「那麼，他最早出現在哪裏？」我問。

梅耶述説：「十年前，**印度** 要建造一座大水壩，這位陶格先生從**荷蘭** 寫信去應徵，並且提交了一個極好的建造方案，結果方案被接納，他也成了這個水利工程的**總工程師**，這是他第一次出現。但在那以前，無人聽聞過陶格這個人！」

「後來呢？」我問。

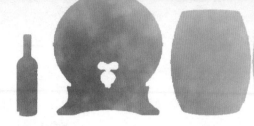

「水利工程完成後，印度政府想聘任他為水利部的高級顧問，條件好到任何人都會接受，但他卻堅決要離開！」

「為什麼？」我問。

「無人知道。」齊賓加入補充：「往後幾年，**他幾乎每年換一種職業！** 離開印度之後，他到了**法國** 南部，在一間釀酒廠中當釀酒師。」

我馬上想起，浦安夫婦與陶格一家為鄰的時候，正是在法國南部，但當我向陶格提及這一點時，陶格夫婦卻否認曾在法國南部居住過，他們為什麼要騙我**?**

齊賓繼續說：「他們在法國也只住了一年，然後到巴西 當上了一個銅礦的工程師，接下來，他每年換一個職業，搬　處地方，在肯雅 當過人學教授，住澳洲 當過煉鋼的工程師，在日本 ● 任職海洋研究員……直到一年前，他來到了這裏，是一個工業集團的副總裁！」

梅耶總結道：「我們愈是調查他，愈覺得他那些廣泛的專業知識，跟失蹤了的比法隆博士很相似。正當我們準備採取行動時，**他卻突然離開了！**」

他們把所知的都告訴了我，而我也把我所知的告訴他們，從一年前在歐洲列車上遇到浦安夫婦開始，期間兩次與陶格夫婦和他們的孩子見面，直到最近李持中的死亡為止。

齊賓聽了後，驚訝地問：「兩個孩子，九年前和九年後一模一樣，**沒有長大過？**」

梅耶皺着眉，「我們對他的調查，始於一年多前，我們注意到他有一位 **美麗** 的妻子和一對 **可愛** 的兒女，卻沒留意到他的兒女是否不會長大。」

我們彼此雖然交換了不少情報，可是 **?謎團?** 卻不減反增。

「當務之急，要盡快將陶格找回來！」我説。

「這個不成問題。」梅耶充滿信心，「我們是國際組織，各國政府都會提供協助，不難查出他的 *行蹤*。」

「那就好了！」我提議道：「大家一有任何消息，便互相通知，可以嗎？」

「**好的！**」他們和我握手為定。

第九章 不可思議的屍體

在接下來的三天，梅耶或齊賓每天都和我通一次電話，告訴我最新的消息。

陶格最初是坐飛機去了**斯里蘭卡**，後來在**新德里**的機場出現，但很快又到了**阿富汗**，逗留了幾個小時，又轉到**土耳其**，在土耳其停留一天，他們一家人就飛到了北歐去，在**赫爾辛基**下機。

第四天，齊賓在電話中沮喪地說：「**失去了陶格的蹤迹！**」

我很驚訝，「怎麼可能？」

齊賓解釋：「他們一家住進了赫爾辛基的一間酒店後，我們的人一直留意着，但他們沒有再露面。一天之後，我們發現他們已經不在酒店，也沒有跟酒店 **結賬**，就這樣**銷聲匿迹**了。」

我真想痛罵赫爾辛基那邊的跟蹤者無能，一家大小四人，這麼**顯眼**的目標居然也能跟丟**！**

陶格一家失蹤後的第三天，我和梅耶、齊賓又見了一次面，他們兩個來到我的住所，神情**沮喪**。由於陶格一直沒有再出現，他們的追蹤已被迫中斷，無法繼續下去，所以也準備離開了。

在送別他們的時候，我和他們約定，一有陶格的消息，便立即通知對方。

大約一個月後，我在**午夜**突然收到**丹麥**的長途電話。

對方以北歐口音極濃的英語說：「衛斯理先生？」

「是，什麼事？」

那人說：「我是達寶警官，我們在**格陵蘭**發現了兩具屍體，身分不明，在他們身上只找到你的名片，所以才打電話給你。」

我馬上呆住，在格陵蘭那麼遙遠的地方發現了兩具屍體，怎麼會和我扯上關係**？**格陵蘭是世界上最**大**的島，但與其說是一個島，不如說是一塊巨大無比的 *冰* 更為貼切。那是一個根本沒有什麼人居住的地方，除了沿岸一些小鎮有漁民出沒外，百分之九十以上的地方，**在地圖上是一片空白！**

「對不起，那兩個死者是誰？」我問。

達寶警官說：「我們也不知道。他們身上什麼都沒有，所以我們才打電話給你。他們看上去，一個是中年人，另一個約二十來歲，都是男性。」

我突然想起梅耶和齊賓來，連忙問：「那中年人的右臂上是不是有一道**疤痕**，是炮彈**碎片**造成的？」

「對，你果然認識他們？」

我呆了好一會，出不了聲。梅耶曾在戰爭中受傷，我們在閒談中，他曾捋起衣袖給我看過他手臂上的**傷痕**。

如果其中一個死者是梅耶，那麼，另一個自然就是齊賓了**！**

我不明白他們到格陵蘭去做什麼？難道陶格在那裏？陶格最後出現在芬蘭的赫爾辛基，離格陵蘭不算很遠。如果他們的死和陶格有關的話，那麼，他們就是我所知的第四和第五個遇難者了**！**

「他們是死於**心臟病發**嗎？」我問，因為前三個死者都是這樣**猝死**的。

　　但達寶警官的回答是：「不，不是……」接着是一陣猶豫，然後說：「他們的死因很**奇怪**，很難解釋，在未聯絡上死者親屬之前，我們不敢處理他們的屍體。」

　　梅耶和齊賓屬於國際組織的特工，身分**保密**，我理應通知傑克去協調處理的，但我知道傑克最近忙於一個大行動，斷絕了一切通訊，於是我對達寶警官說：「我一時間聯絡不上他們的親屬，但我可以先去你們那裏了解一下情況嗎**？**」

「你願意幫忙的話，當然最好。你到了**哥本哈根**，在警察總局找特殊意外科的達寶警官就可以了。」

第二天下午，我乘搭長途機前往丹麥哥本哈根，下機後直接到警察總局，找到了**特殊意外科**的達寶警官。

達寶警官外表平凡，他所管理的「特殊意外科」看來和其他部門不同，除了他之外，只有另一個警官，辦公室也很小，堆滿了雜亂無章的檔案。

達寶解釋道：「我這一科處理的是特殊意外，這類事情並不多，全是一些**不可解釋**的事，所以平時很空閒，用不着太多人。而大多數案件都是沒有結果，不了了之的。」

我**似懂非懂**，問道：「有不明飛行物體出現，就歸你處理了，是不是？」

達寶笑了起來，「不是。但如果有人因為不明飛行物體的襲擊而**死亡**，那就歸我處理了！」

我總算明白了，接着問：「他們的屍體在哪裏？我可以先看一看嗎？」

「可以，他們的屍體被發現之後，一直沒有移動過。」

我 **詫異** 地問：「還在格陵蘭？」

達寶點頭，「是的，正確來說，是在馬士達維格以西兩百公里處，那是格陵蘭的中心部分，屍體留在那裏也不會 **腐壞**。」

「就算屍體不會腐壞，但把屍體留在那裏的做法符合邏輯嗎？」我 **難以？置信？** 地問。

達寶苦笑道：「我們是 **特殊意外科**，所以跟一般做法不同。」

「什麼意思？」我不太明白。

達寶想了想説：「我打個比喻，希望你別介意。

假設我忽然告訴你，説你太太被 *外星飛碟*

壓死了，你會有什麼反應？」

「我會痛罵你，罵你胡説八道。」

我坦白地説。

「那怎麼樣你才會相信我？」

達寶問。

我馬上回答他：**「除非我親眼看見**

那飛碟壓着我太太！」

我説完之後，只見他向我點着頭，而我也

恍然大悟了。

「所以，來到我們這裏的案件，我們都會盡量保留現

場的 原 形 ，直接向死者親屬展示，這勝過以千言萬語

去解釋。」

從達寶的話中，可知梅耶和齊賓的死有**極其不尋常**之處。他取出了一張名片，問我：「這是你的名片？」

我點頭，那是我的名片。達寶接着説：「這是他們屍體上**唯一的身外之物**，由年紀較大的那位握在手中。」

「『**唯一的身外之物**』是什麼意思？」我疑惑地問。

達寶警官又苦笑着，取出了一張照片來，交到我的手中。

我拿起照片一看，整個人都呆住了。

因為我看見在一個**大冰塊**上，伏着兩具屍體，這兩具屍體居然是**赤條條**的，而梅耶手中握着的名片，確是兩人「唯一的身外之物」**！**

第十章

神秘 的 痕迹

這真是 **不可思議** 至極，在零下三十度的地方，居然發現了全身赤裸的屍體！

我提出了一連串的問題：「他們的衣服呢？他們的營帳在哪裏？雪地上可有掙扎的痕迹？」

達寶望着我，「你那些問題如果有答案，事情就不會由我來處理了。」

「什麼意思？」

我驚問。

達寶解釋道：「一隊**日本探險隊** 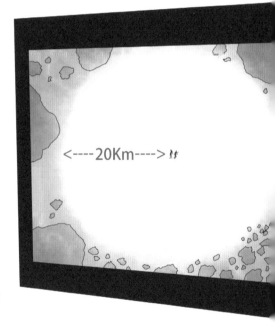 發現了他們的屍體，到了馬士達維格之後，他們向當地政府報告，當地政府即時派出了**小型飛機**到現場，發現了屍體，但是在二十公里的範圍內，沒有發現任何其他東西！」

「**不可能！**」我叫了起來，「誰也不能在那樣的嚴寒下經過二十公里才死亡！」

「我同意，人如果沒有任何禦寒設備，在零下三十度的**嚴寒**環境下，一定會喪失所有活動能力，生命至多只能維持十分鐘。」

<----20Km---->

125

「那麼，這種情形……」

達寶的語調很平靜：「是一種特殊意外，所以由我來處理。」

我想了想，說：「可能有人殺了他們，然後將兩人的屍體移動了超過二十公里！」

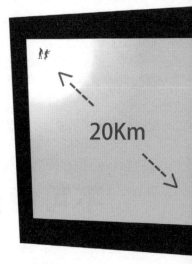

達寶搖着頭，「那裏近期的天氣十分好，我的意思是，沒有下雪，也沒有風暴，如果有人移動屍體，積雪上一定會留下痕迹，而且亦難以把痕迹完全消除乾淨。」

「一點痕迹都沒有？」

達寶點點頭，「除了那日本探險隊的足迹。」

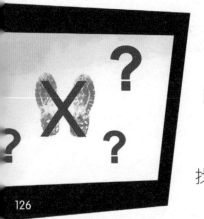

我像大偵探一樣，馬上找到嫌疑，「說不定他們就是

兇手！或者他們路過發現屍體，並把屍體身上所有東西都偷去！」

達寶苦笑道：「不論他們是殺了人，或只是偷竊屍體財物，只要把屍體埋在雪地下，恐怕幾百年後也沒有人能發現，他們有必要多此一舉去報案，引起別人的懷疑嗎**？**」

我呆了半晌，一時之間實在說不出什麼來。

達寶也**疑惑**着：「死者身上什麼都沒有，卻握着你的名片，這到底代表了什麼？」

我猜測道：「估計死者遇害的時候，身上所有東西都被人拿走，唯一能抓在手裏沒被發現的，就是我的名片。」

「所以你認為是**謀殺**？」

我搖着頭，「我不知道，但看起來絕不像**意外**。」

「你既然來了，要不要到現場去看看？」

「當然，請你安排！」我說。

達寶準備好一切禦寒裝備和所需工具，帶我登上一架可以在雪地上**降落**的小型飛機，由他駕駛，飛到格陵蘭去，中途降落在馬士達維格，為飛機加油補給，那是格陵蘭東岸一個有人聚居的小鎮。

一小時後，我們又繼續起程，向西飛去，一些建築物很快就看不見了，極目望去，不是冰就是雪，十分**刺眼**。

達寶轉過頭來，提示我戴上雪鏡。我戴上之後，刺目的炫光消失了，透過**深灰色**的鏡片看景物，簡直如夢幻中一樣奇妙。

「我們快到了。」達寶説：「為了不破壞現場環境，飛機會在較遠處降落，我們可以開**機動雪橇**到現場。」我點頭表示明白。

飛機降落後，達寶從機尾扯出了機動雪橇。

我們坐上了雪橇，達寶開動引擎，雪橇便向前 **飛馳**。

大概駛了七百多米，我已經看到了梅耶和齊賓兩人的屍體，

就如照片中一樣，他們伏在一塊 **巨大** 的冰塊上。

雪橇一停下，我就立刻

走過去，怔怔地望着眼前

那兩具屍體。

我不知自己呆了多久，才俯下身來，輕輕地撥動了一下梅耶的屍體，看到他的臉，他臉上臨死前的神情充滿了恐懼！

達寶看到了，驚呼一聲：「天！他⋯⋯是被嚇死的！」

「難道你也沒見過他的神情？」

達寶搖着頭，「沒有，因為要盡量保持現場的原狀。」

至於齊賓的屍體，他的一隻手壓在身子之下。我深吸一口氣，去翻轉他的屍體，只見他臉上的恐懼神情更甚，而達寶忽然揚起手來，指着齊賓說：「看！他留下了兩個字！」

我立時看過去，看到冰塊的積雪上，果然有兩個極潦草的字，顯然是在極度倉皇的情況下，用手指在雪上劃出來的。若非把齊賓的屍體翻過來，也難以發現。

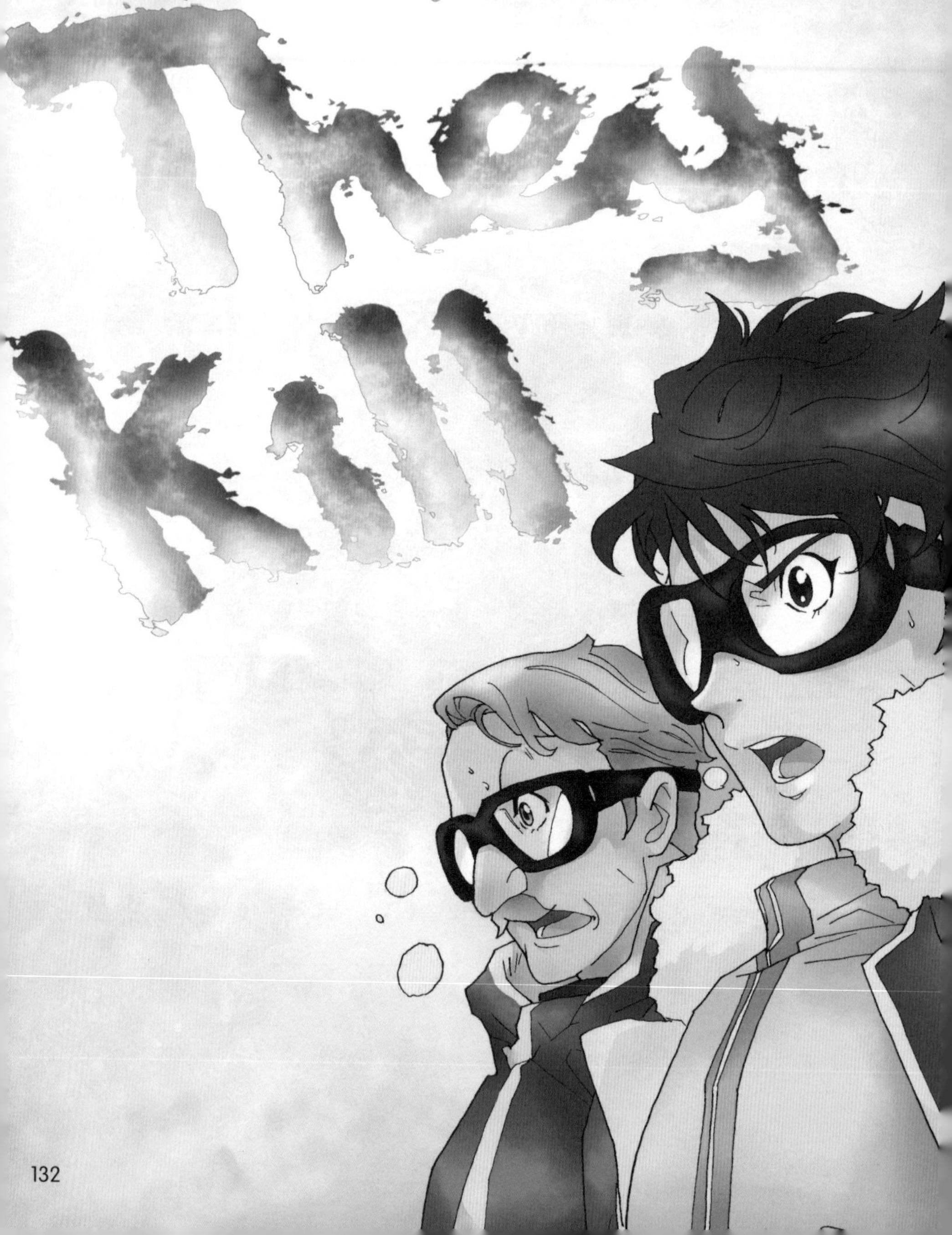
They
Kill

我和達寶低頭看清楚那兩個字，我不禁驚叫起來：

「他們殺人！」

沒錯，齊賓用英文寫了「他們殺人」。

達寶也很驚訝，「難道真如你所説，這是宗謀殺案？但『他們』是指什麼人？用了什麼方法殺人？」

我沒有回答，但心裏卻想起陶格一家。

我開始仔細查看四周的環境，指着雪地上的*腳印*和雪橇痕迹問：「這些痕迹全都是那個日本探險隊和你們警方留下來的？」

達寶點頭，「是。那日本探險隊在發現屍體的時候，附近一點痕迹也沒有。」

「死者兩人身上什麼衣物也沒有，甚至連鞋子也沒穿，他們是怎樣來到這裏的？雪地上至少應該有赤足的*腳印*，除非他們是*從空中掉下來*！」

達寶點頭同意：「嗯嗯，這是唯一的可能。」

我半蹲下來，伸手去檢查屍體的骨骼，分析道：「他們沒有骨折，冰塊上也沒有血迹，如果真是從空中被拋下來的話，高度也不會很高。」

達寶自言自語：「估計最多兩三米內。但能夠負載兩個大男人的重量，離地面兩三米飛行，而不會在雪地上留下任何痕迹，有這樣的飛行器嗎？」

「也可能是從很高處慢慢把屍體吊下來，不過為什麼要這樣做呢？」我愈想愈感到困惑。

這時候，我忽然留意到雪地上有兩個相當奇特的痕迹，它們只有約一厘米長，半厘米闊，橢圓形，一共是兩個，相距約兩厘米左右。

我指着地上，失聲叫道：「這是⋯⋯」

達寶連忙俯身來看，同樣驚叫起來：「噢！天啊！這⋯⋯」

我和他異口同聲，身體微微發着抖説：「是腳印！」（待續）

案件調查輔助檔案

心不在焉

沒想到，我點的食品很快就送上來了，原來我剛才**心不在焉**，胡亂點了一款小孩最愛吃的七色冰淇淋！

意思：心思不在這裏，指思想不集中。

無可奈何

我實在**無可奈何**，因為我連老夫婦的名字叫什麼也不知道，能憑什麼身分進去？

意思：形容遇事毫無辦法，無力改變事物的現狀或發展趨勢，是一種迫不得已的心態。

耽擱

希望不會**耽擱**各位的旅程，敬請原諒！

意思：指延遲，延緩。

戰戰兢兢

我感到不妙，**戰戰兢兢**地指着病牀問：「他們⋯⋯是火車上出事的那對夫婦？」

意思：形容非常害怕而微微發抖的樣子，也形容小心謹慎的樣子。

殮房

一個職員回應道：「這裏不方便，到**殮房**去吧。」

意思：又叫停屍間、太平間，是醫院暫時存放遺體的地方。

不以為然

莫里士**不以為然**，「那也非常合理，他們坐在一起，受到的外界刺激也大致相同。」

意思：指不認為是對的，表示不同意或否定。

蓄意

「但如果刺激他們病發的因素是人為的，是**蓄意**的，那算不算是謀殺案？」我問。

意思：有意，做之前有一定時間準備，可以理解成蓄謀已久的意思。

恍然大悟

但原來他女兒和小浦安有這樣密切的關係，我便**恍然大悟**了。

意思：猛然清醒的樣子，形容人對某事一下子明白過來。

法醫

第二天，**法醫**來到，會同醫院的醫生，一同進行剖驗。

意思：對與法律有關的人體（活體、屍體、精神）和犯罪現場進行勘察鑒別，並進行鑒定的科學技術人員。

啼笑皆非

聽他這樣說，我感到**啼笑皆非**。

意思：哭也不是，笑也不是，不知如何是好。形容處境艦尬，或令人難受又令人發笑的行為。

揶揄

我指着那兩張X光片，**揶揄**道：「你有多久沒親自為病人做身體檢查了？我看你弄錯X光片的可能性還比較大。」

意思：嘲笑，戲弄。

先發制人

我點了點頭，禮貌地與他握手，**先發制人**地說：「我剛巧有事，你發電郵給周嘉平的時候，多發一份副本給我就好了，我的電郵地址是⋯⋯」

意思：指戰爭中雙方，先發動的處於主動地位，可以控制對方。後也泛指爭取主動，先動手來制服對方。

娓娓道來

我們來到咖啡座，點了咖啡，李持中便**娓娓道來**：「那就得從頭說起。」

意思：指連續不斷不停地說，生動地談論。

如夢初醒

我呆了好一會，才**如夢初醒**，訝異地問：「就是這一句？」

意思：比喻過去一直糊塗，在別人或事實的啟發下，剛剛明白過來。

耐人尋味

如今他們一家人對玩具的反應又是如此不尋常，而且他們為什麼會搬到這個城市來居住呢？這實在**耐人尋味**。

意思：形容值得讓人仔細體會、琢磨。

功成身退

我無意和傑克再爭論下去，既然已把死者臨死前告訴我的話轉達了，我也算是**功成身退**，可以放心回家了。

意思：指大功告成之後自行隱退，不再做官或復出。

難言之隱

從他們的反應，我覺得他們不似是兇手，但好像有什麼**難言之隱**，隱藏着一些秘密。

意思：指隱藏在內心深處不便說出口的原因或事情，形容有難言的苦衷。

不置可否

我**不置可否**，只說：「不盡快處理的話，恐怕會影響到其他人。」

意思：不表示贊同，也不表示反對。

開門見山

「有什麼事，**開門見山**吧，我很忙！」傑克一如以往的傲慢。

意思：比喻說話或寫文章時直截了當，不轉彎抹角。

銷聲匿迹

他第一次出現是在十年前，而在那之前，從來沒有人見過他，也找不到他過去的任何資料，就好像忽然從天上掉下來一樣。時間剛巧就在比法隆博士**銷聲匿迹**後。

意思：指隱藏起來或不公開露面。

心臟栓塞

如此難看的臉色，應該是嚴重的**心臟栓塞**所造成。

意思：因心臟血管狹窄而引致，是一段時間累積的結果。嚴重時，可引致心臟病發作，甚至死亡。

百合匙

我拿出一枚**百合匙**，花了少許工夫把門打開，兩個管理員看得目瞪口呆。

意思：又稱萬能匙，是一種能打開大量鎖的工具。

不了了之

我這一科處理的是特殊意外，這類事情並不多，全是一些不可解釋的事，所以平時很空閒，用不着太多人。而大多數案件都是沒有結果，**不了了之**的。

意思：指把未做完的事情放在一邊不管。

啞口無言

可是，說到這裏，老太太便尷尬起來，變得**啞口無言**。

意思：說不出話來，形容理屈詞窮的樣子。

參差不齊

現今能作身體檢查的地方有很多，水準**參差不齊**。

意思：形容很不整齊或水平不一。

裝模作樣

我只好**裝模作樣**地問：「我想知道閣下對大廈管理的一些意見。」

意思：形容造作、不自然。

氣急敗壞

大堂裏兩個管理員正在聊天，一看到我**氣急敗壞**地跑來，連忙開門問：「衛先生，有什麼事？」

意思：形容因憤怒或激動而慌張地説話、回答或喊叫。

原封未動

説完，我便進入屋子去，只見廳中一切幾乎**原封未動**。

意思：即保持原樣，不加變動。

衛斯理系列 少年版 06

玩具 上

作　　　者：衛斯理（倪匡）

文 字 整 理：耿啟文

繪　　　畫：余遠鍠

出 版 經 理：林瑞芳

責 任 編 輯：蔡靜賢

封面及美術設計：BeHi The Scene

出　　　版：明窗出版社

發　　　行：明報出版社有限公司

　　　　　　香港柴灣嘉業街 18 號

　　　　　　明報工業中心 A 座 15 樓

電　　　話：2595 3215

傳　　　真：2898 2646

網　　　址：http://books.mingpao.com/

電 子 郵 箱：mpp@mingpao.com

版　　　次：二〇一九年六月初版

　　　　　　二〇二〇年二月第二版

　　　　　　二〇二三年六月第三版

I S B N：978-988-8525-75-1

承　　　印：美雅印刷製本有限公司